Los placeres de las vacaciones

Textos e ilustraciones de Roger Paré
con la colaboración de
Bertrand Gauthier
en la realización de los textos

1a. edición, septiembre 2007.

© *Plaisirs de vacances*
Textos e ilustraciones de Roger Paré
con la colaboración de Bertrand Gauthier en la realización de los textos
Copyright © 1995 Les éditions de la courte échelle inc.
5243, boul. Saint-Laurent
Montreal (Québec)
H2T 1S4

© 2007, Grupo Editorial Tomo, S.A. de C.V.
Nicolás San Juan 1043, Col. Del Valle
03100 México, D.F.
Tels. 5575-6615, 5575-8701 y 5575-0186
Fax. 5575-6695
http://www.grupotomo.com.mx
ISBN-13: 978-970-775-314-3
Miembro de la Cámara Nacional
de la Industria Editorial No 2961

Diseño de portada: Trilce Romero
Traducción: Ivonne Saíd Marínez
Formación tipográfica: Luis Raúl Garibay Díaz
Supervisor de producción: Silvia Morales Torres

Este libro se publicó conforme al contrato establecido entre
Les éditions la Courte échelle inc. y *Grupo Editorial Tomo, S.A. de C.V.*

Impreso en México - *Printed in Mexico*

Los placeres de las vacaciones

Textos e ilustraciones de Roger Paré
con la colaboración de
Bertrand Gauthier
en la realización de los textos

Grupo Editorial Tomo, S.A. de C.V,
Nicolás San Juan 1043
03100, México, D.F.

Las ratoncitas Mimí y Lilí
por el mundo entero quieren viajar,
mil aventuras planean vivir
y por todo el globo pasear.

Cuando de noche
en mi cama duermo
sueño que soy
un pájaro volando,

Hay tantos lugares
por visitar, que
nuevos amigos
voy a encontrar.

Vuelan y vuelan por los tejados
estas dos amigas tan afortunadas,
viajan felices, gracias al gato,
que las va llevando sobre su espalda.

Hola Lilí, hola Mimí
un buen amigo tienen aquí,
ésta es su casa, pueden pasar
para reír, bailar y cantar.

Amigos animales deben apurarse
corran todos a acomodarse,
una sonrisa deben mostrar,
la foto del recuerdo vamos a tomar.

Lilí y Mimí por la colina corriendo van
entre los campos con gran habilidad,
verles tan afables llama la atención,
atrapar mariposas es su misión.

Con los bigotes al viento
el minino nos pasea
y en las tardes de buen clima
hasta la luna nos lleva.

Muy muy alto vamos a escalar, tranquilo y hermoso es este lugar, arriba las aves nos están observando, mientras toman un breve descanso.

Jugando con alegría
en los canguros nos escondemos
y corremos todo el día
pero jamás nos cansaremos.

Lilí y Mimí se suben al globo, desde las alturas lo observan todo y ven las casas tan pequeñitas que en la panza sienten cosquillitas.

Esta obra se imprimió en el mes
de septiembre del 2007 en los talleres de
Edamsa impresiones S.A. de C.V.
con domicilio en Av. Hidalgo No. 111,
Col. Fracc. San Nicolás Tolentino,
C.P. 09850, México, D.F.